Texte : Lucie Papineau

Illustrations : Céline Malépa

Bébé-fantôme

Dominique et Compagnie

Bienvenue au Pays monstrueux.

Ici, les enfants sont très heureux.

Ils mangent des tas de bonbons,

ils ne savent pas leurs leçons

et ils ne se lavent presque jamais

les orteils !

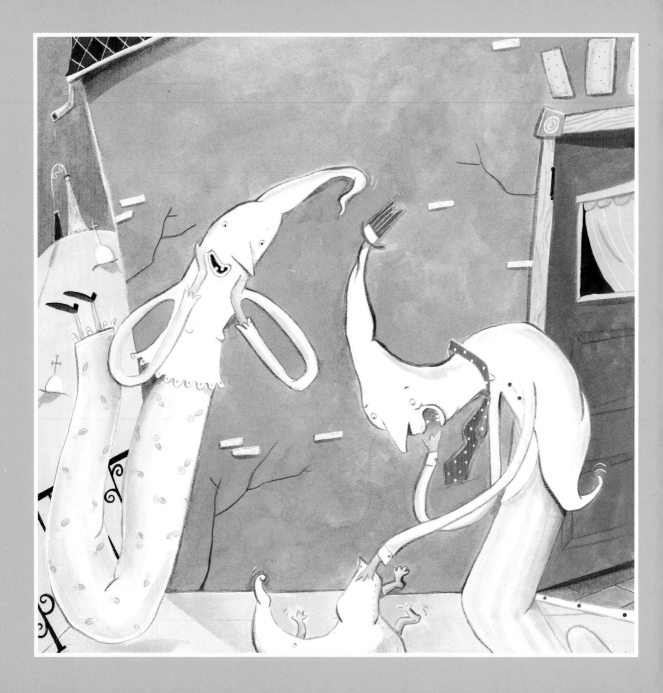

Une fois par année, c'est la livraison
des bébés. Sur le balcon de leur maison
hantée, Maman-fantôme et Papa-fantôme
attendent leur quatrième rejeton.
–C'est un garçon! s'écrient les
parents, radieux.
–Ah non... pas un garçon! s'exclament
les trois sœurs fantômes, horrifiées.

Au Pays monstrueux, c'est l'heure du biberon.
– Hé les filles ! dit Maman-fantôme. Allez donc me chercher la boîte de lait en poudre de squelette.

Aussitôt dit, aussitôt fait. Les trois sœurs reviennent avec une pleine boîte de lait en poudre de...

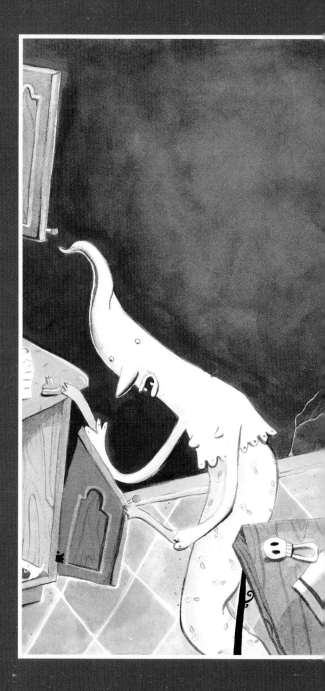

... perlimpinpin!

Ne se doutant de rien, Maman-fantôme
prépare le biberon. Son fils l'avale d'un
trait, puis fait son petit rot.

Tout de suite après,
Bébé-fantôme se
change en dragon
vert, puis en citrouille
orange. Et pouf !
il disparaît dans une
poussière d'étoiles.
– Ce bébé est
incroyablement
précoce, décrète sa
maman, ravie.
– Incroyablement,
répètent les sœurs
fantômes, l'air
innocent.

Bébé-fantôme
réapparaît enfin... juste
à temps pour l'heure
du bain. Mais comme
il pleurniche dans
son coin, Papa-fantôme
décide de le mettre
au lit sans plus de
cérémonie.

Aujourd'hui, c'est la fête au Pays
monstrueux. Serviables, les sœurs
fantômes préparent le sac de
leur petit frère, sans oublier le lait
en poudre de... *perlimponpon* !
Toute la famille se dirige vers le
chapiteau de monsieur Dragon.

Devant les habitants réunis,
Maman-fantôme décide de présenter
son nouveau bébé.
– Bébé-fantôme, petit prodige ici
présent, va maintenant disparaître
devant vos yeux éblouis ! clame-t-elle.

Pendant que les spectateurs
retiennent leur souffle, Bébé-fantôme
avale son biberon d'un seul trait.
Il fait son petit rot, se change en dragon
orange, puis en citrouille verte. Et...

... pouf ! ses vêtements disparaissent
dans une poussière d'étoiles.
Tous les habitants du Pays monstrueux
éclatent de rire à l'unisson. Les
parents fantômes sont totalement
embarrassés.

– Incroyable ! s'écrie soudain monsieur
Dragon. Vous avez vu ses orteils ?
Ils sont monstrueusement sales ! Et ses
oreilles, elles n'ont jamais été lavées !

Impressionnée, l'assistance au
grand complet se lève pour applaudir
le bébé le plus sale de l'année.

Bébé-fantôme est le roi de la fête. Ses sœurs, finalement très fières de lui, le portent en triomphe dans les rues du Pays monstrueux. C'est évidemment ce moment que choisit Bébé-fantôme pour faire son plus beau...

... pouf !